Jakob Mähly

Friedrich Rückert

Jakob Mähly

Friedrich Rückert

Unveränderter Nachdruck der Originalausgabe von 1869.

1. Auflage 2022 | ISBN: 978-3-37501-536-7

Verlag: Salzwasser Verlag GmbH, Zeilweg 44, 60439 Frankfurt, Deutschland
Vertretungsberechtigt: E. Roepke, Zeilweg 44, 60439 Frankfurt, Deutschland
Druck: Books on Demand GmbH, In de Tarpen 42, 22848 Norderstedt, Deutschland

Friedrich Rückert.

Eine Skizze für die Jugend

von

Jakob Mähly.

Basel.

Schweighauserische Buchdruckerei.

1869.

Friedrich Rückert.

Chidher, der ewig junge, sprach:
Ich fuhr an einer Stadt vorbei,
Ein Mann im Garten Früchte brach;
Ich fragte, seit wann die Stadt hier sei?
Er sprach, und pflückte die Früchte fort:
Die Stadt steht ewig an diesem Ort,
Und wird so stehen ewig fort.
      Und aber nach fünfhundert Jahren
      Kam ich desselbigen Wegs gefahren.

Da fand ich keine Spur der Stadt;
Ein einsamer Schäfer blies die Schalmei,
Die Heerde weidete Gras und Blatt;
Ich fragte: wie lang ist die Stadt vorbei?
Er sprach und blies auf dem Rohre fort:
Das eine wächst, wenn das andere dorrt;
Das ist mein ewiger Weideort.
      Und aber nach fünfhundert Jahren
      Kam ich desselbigen Wegs gefahren.

. . . . Und was findet er jetzt, der ewig junge, persische Chidher?
Ein Meer, das Wellen schlug, an der Stelle jener „ewigen
Stadt", jenes „ewigen Weideortes", und wiederum nach fünf=
hundert Jahren grünt ein Wald da, wo die grauen Meeres=

fluthen spielten, bis, im ewigen Wechsellauf der Dinge, nach
einer fernern Frist von gleicher Zeitdauer, Chidher eine zweite
Stadt an der Stelle gegründet sieht und auch diese zweite von
dem Wahn erfüllt, seit Ewigkeit zu bestehen und in Ewigkeit
fortzudauern. Und das Gedicht, dessen Anfangsstrophen ich
angeführt, endet mit dem Entschluß Chidher's:

> Und aber nach fünfhundert Jahren
> Will ich desselbigen Weges fahren.

Was wird er dann finden, der nie alternde Perserjüngling?
Du merkst die inhaltsschwere Frage, lieber Leser, welche sich
an die Sohle dieser beiden Schlußverse heftet, wie der Schat-
ten an seinen Gegenstand, diese Frage, auf welche Niemand
Bescheid weiß, auch der nicht, der in seinem schöpferischen, von
der Idee des Ewigen erfüllten und von der Vergänglichkeit
alles Irdischen tief bewegten Dichtergeist jenes ergreifende Gedicht ausgesonnen hat — Friedrich Rückert, der Mann, von
dessen Bedeutung und Wirksamkeit auf dem Felde der Poesie
ich hier zu handeln gedenke. Freilich sage ich vielleicht zu viel,
wenn ich ihm auch die erste Idee, welche in jenem tiefsinnig-
schönen Gedicht sich ausspricht, zuschreibe. Das ist eben eine
seiner großen Eigenthümlichkeiten, daß in dieser gewaltigen,
tief angelegten Natur der Gelehrte dem Dichter völlig eben-
bürtig ist, das heißt, daß seine Belesenheit in den Schrift-
werken der Nationen eine so umfassende, seine Kenntniß der
verschiedenen Sprachen und Spracherzeugnisse eine so vielseitige
war, daß es nur demjenigen, welcher ihm auf seinen geistigen
und gelehrten Fahrten zu folgen vermag, vergönnt ist, sein
Eigenthum und dasjenige der von ihm erforschten Völker gehörig zu sondern. Und dieser ebenbürtigen Geister mag es
nur wenige geben. Aber selbst wenn er jene erhabene Idee
von dem ewig sich wiederholenden Kreislauf der Dinge in einer
ähnlichen, unser Gemüth so sehr ansprechenden Form irgendwo
sollte vorgefunden haben, so bleibt ihm gleichwohl ungeschmä-
lert das hohe Verdienst der dichterischen Darstellung, der

künstlerisch vollendeten Form, in welche er den vorgefundenen
Inhalt gegossen hat. Rückert ist ein Sprachkünstler ersten
Ranges, ja vielleicht der erste überhaupt, und man darf noch
mehr sagen: Nicht nur die deutsche Zunge, sondern die Spra=
chen aller gebildeten Völker haben kaum ein Genie aufzuweisen,
welches in dieser Beziehung ihm gleichkäme oder ihn vollends
überträfe. Und schon darum, wäre er auch nur ein mittel=
mäßiger Dichter, ist ihm sein Andenken für ewige Zeiten ge=
sichert. Du wirst vielleicht, jugendlicher Leser, angeregt durch
das am Eingang erwähnte Gedicht, einige Zweifel an diesem
„ewig" hegen und fragen: Und nach fünfhundert Jahren?
Die Antwort kann aber nicht zweifelhaft sein. So lange in
einem Volke die schöne Sitte als wirkliches Bedürfniß der
Seele fortleben wird, das Andenken seiner großen Geister in
ehrender, liebender Erinnerung zu bewahren, so lange ist
Rückerts Gedächtniß gesichert, und wir wollen nicht hoffen,
daß die Menschheit der Zukunft jemals so tief sinken und
ihrer eigenen Würde so sehr vergessen werde, um nicht eine
solche Erinnerung hoch und heilig zu halten. Und große Gei=
ster sind nicht nur Diejenigen, welche mit dem Schwert in
der Hand, durch Krieg und Eroberung ihr Volk gefördert
oder seine Freiheit erkämpft haben, nicht die allein, welche
durch Erfindungen und Entdeckungen auf gewerblichem Gebiet
der ganzen Menschheit genützt haben, sondern auch, und nicht
in letzter Linie, diejenigen, welche auf geistigem Felde, in der
Welt der Sprache und des Gedankens, schöpferisch thätig ge=
wesen sind. Zu diesen gehören alle wahrhaften Dichter und
großen Schriftsteller, Alle, welche das edelste, ursprünglichste gei=
stige Gut eines Volkes, seine Sprache, als treue Wächter gehütet
und als schöpferische Bildner vermehrt und veredelt haben. Aller=
dings, und es ist traurig genug, finden die Leistungen auf sprach=
lichem Gebiet vielfach nicht die verdiente Würdigung: gerade
unsere Zeit ist nicht dazu angethan, rein geistige Thaten hoch
zu stellen, welche keinen greifbaren Nutzen für Handel, Wandel

und Verkehr der Menschen abwerfen. „Was nützen die Sprach=
klaubereien, die Silbenstechereien?" hört man so oft sagen,
„dadurch wird nichts gewonnen weder für Ackerbau, noch für
Gewerbe, sie sind unfruchtbar wie todtes Kapital, sie sind nur
vorhanden für Sonderlinge von Gelehrten, die ihr Talent zum
Nutzen der Gesellschaft nicht zu verwerthen wissen, für einsied=
lerische Naturen, welche vom Dienst der Menschheit nichts
wissen wollen." Solche unverständige Reden hast du vielleicht
auch schon vernommen oder wirst sie sicher noch vernehmen,
junger Leser, darum sei hier gewarnt: Traue und glaube ihnen
nicht, sie sind gleißender Schein ohne Kern und Wahrheit.
Wer ihnen nachspricht, der muß folgerichtig über alle Kunst
und alle wahre Wissenschaft, die sich als solche nie und nim=
mer um ihren möglichen Nutzen für das Leben kümmert, den
Stab brechen.

Und vollends nun die Sprache! Die Meisten, welche mit
wohlfeilem Verstand die darauf gerichteten Studien zu bemä=
keln und zu bespötteln suchen, kennen nicht von ferne ihre
Wichtigkeit und ihre hohe Bedeutung, sie ahnen nicht, wie reich
sich ihre gründliche Erforschung lohnt, welche geistigen Schätze,
nur dem Forscher erkennbar, in ihrem tiefen Schachte liegen,
sie wissen nicht, daß sie das kostbarste, ächteste Erzeugniß des
Volksgeistes, also auch ein Bild desselben ist, daß die Sprache,
welche sie verachten, auch sie hat erziehen und bilden helfen
— sie sind also in ihrer Unwissenheit auch undankbar. Der
du dieses liesest, du verstehest deutsch, nicht wahr? vielleicht
auch französisch, und wenn noch etwas Latein oder gar Grie=
chisch hinzukommt, so wirst du schon jenen Spöttern Rede
stehen müssen, die es zwar für ganz ordnungsgemäß halten,
wenn du im Französischen oder Englischen dir baldmöglichst
eine Geläufigkeit des schriftlichen und mündlichen Ausdrucks
aneignest, alles Andere aber für überflüssige und nutzlose
Waare ansehen, da man ja „heut zu Tage keinen lateinischen
Brief mehr zu schreiben habe, weder auf dem Comptoir noch

im Hause des Handwerkers oder Fabrikanten — wozu also?"
Gewiß, um sich schriftlich oder mündlich, wie es „sein Geschäft"
mit sich bringt, zu unterhalten in fremder Sprache, bedarf es
keiner „Sprachkünstelei, Silbenspalterei" und wie die gewöhn=
lichen Wortpfeile der Angreifenden lauten mögen; aber wer
eine Sprache nur zu jenem Zwecke erlernt, der hat auch keine
Idee von dem Bildungsstoff, der darin liegt, und wird geistig
wenig gefördert. Um besser deutsch sprechen oder schreiben zu
können, darum vertieften und vertiefen sich unsere größten
Sprachgelehrten nicht in die unerschöpflichen Fundgruben un=
serer deutschen Sprache, gewiß nicht: das Weben des Sprach=
geistes, das stets fortdauert, ist ein geheimnißvoll wunderba=
res, überall, bei jedem Volke; ihm zu lauschen, nachzugehen
bis zu der Stelle, wo er seinen undurchdringlichen Schleier
ausbreitet, das ist es, was reizt, was lohnt. Oder meinst du,
unser Rückert habe seine vielen Sprachen, sein Persisch, Ara=
bisch, Indisch und sonstiges Morgenländische nur darum er=
lernt, und, wie er es selbst nennt, sich mit „maulwürfischer
Blindheit hin durch's Wurzelgeflecht ältester Sprachen der Welt
gewühlt", um sich in ihnen „unterhalten" zu können? Höre
selbst, wie er, der Meister der Sprache, sich darüber verneh=
men läßt:
Sprachkunde, lieber Sohn, ist Grundlag' allem Wissen.
Derselben sei zuerst und sei zuletzt beflissen.
Einleitung nicht allein und eine Vorbereitung
Zur Wissenschaft ist sie und Mittel zur Bestreitung;
Vorübung nicht der Kraft, um sie geschickt zu machen
Durch Ringen mit dem Wort, zum Kampfe mit den Sachen.
Sie ist die Sache selbst im weit'sten Wissenskreise,
Der Aufschluß über Geist und Menschendenkungsweise.
In jeder räumlichen und zeitlichen Entfernung
Den Menschen zu verstehen, dient seiner Sprach' Erlernung.
Nur Sprachenkunde führt zur Weltverständigung.
Drum sinne spät und früh auf Sprachenbändigung.

Er selber aber war Sprachenkundiger nicht nur in dem Sinn, daß ihm die Sprachen zu Gebote standen, die er geistig gleichsam unterjocht hatte, sondern auch so, daß sie seinem Willen dienten und unter seiner Meisterhand sich schmiegten, wenn er neue Formen aus ihnen heraus= oder in sie hinein= bildete. Natürlich konnte letzteres nur mit der Muttersprache, der deutschen, geschehen, nicht nur, weil eine unbedingte und jederzeit lebendige Herrschaft über die Sprache nur bei der Muttersprache möglich ist, sondern auch, weil die deutsche Sprache unter allen, die auf gleicher Stufe stehen, diejenige ist, welche durch ihren unerschöpflichen Reichthum an Mitteln dem wahren Künstler bei Bildung neuer und Nachbildung fremder Formen am bereitwilligsten entgegenkommt. Wäre Rückert kein Deutscher gewesen, er wäre sicherlich gleichwohl ein großer Dichter geworden, schwerlich aber, ja man darf sagen gewiß kein so geschickter Nachbildner fremder Sprachen und Schriftwerke, kein so formgewandter Uebersetzer; und selbst auf dichterischem Gebiet wären wir um manches Schöne gekom= men, das ihn zunächst deswegen dichterisch stimmte, weil es ihn zum Wettkampf in der freien Nachbildung seiner eignen Sprache reizte. Mit ganz richtigem Gefühl sagt er von sich selbst:

Der deutschen Sprache Schatz zu mehren
Von Jugend auf war mein Bemühn,
Und dieser Trieb soll nie verblühn,
So lang des Lebens Tage währen.
Ein neuer Reim, ein neuer Satz
Dünkt mich ein Zuwachs jenem Schatz;
Ein andrer wirk' in andern Sphären,
Doch ich bin hier an meinem Platz.

Darum kann auch Rückert, der Poet, von Rückert dem Sprachkünstler und Gelehrten viel weniger geschieden werden, als dieß bei andern großen Dichtern der Fall ist. Wir wer= den freilich später sehen, daß er im Bestreben, den Schatz un= serer reichen Sprache in seinem vollsten Umfang zu benützen, auch das Ungewöhnliche nicht scheute, sobald es sich ihm als zweckmäßig darbot. Wenn ihm dieß oft den Vorwurf zuzog, als behandle er die deutsche Sprache willkürlich, ja ungenau, so liegt in diesem Vorwurf sehr oft die Verwechslung des Unrichtigen mit dem, was jenen Tadlern unbekannt war, in den Augen der Sprachgelehrten aber durchaus nicht unrichtig ist. Eigenthümlich aber für Rückert's Stellung ist, daß ihm doch in seinen Sprachmeisterungen der Dichter über den Grammatiker ging, und er lieber diesen als jenen getadelt sehen wollte:

Doch Freimund, höre, was jener spricht:
Die deutsche Sprache verstehst du nicht.
　　Still, Herz, mit deinem Pochen!
Ob dieses deutsch ist, was ich sprach,
Ich weiß es nicht, ich sprach nur nach
Was Engel zu mir gesprochen.

So hat er auch die übrigen Sprachen, deren er Meister war, im Dienste der Poesie gebraucht; er hat sie belauscht mit feinfühlendem Ohr, und all' ihr poetisches Wehen und Klingen schien ihm nur der Nachhall jener ersten, noch unverfälschten Sprache zu sein, welche einst „im Paradies erklungen“, später auf „wilder Flur verwilderte.“ Nicht jeder hört diese ursprünglichen Klänge aus der Verwilderung heraus; Rückert aber war einer der wenigen Auserwählten, welcher mit dem Wissen auch den feinen nachfühlenden Dichtergeist in seltener Harmonie vereinigte. Darin beruht seine Größe.

So weit glaubte ich als Einleitung vorausschicken zu sollen, um gleich zu Anfang Rückert's doppelte Bedeutung, welche in der Einheit seines Wesens ihren Ursprung hat, zu betonen.

Rückert ist vor drei Jahren (wenn der geneigte Leser dieses gedruckt liest, wird es wohl noch etwas drüber sein) am letzten Januar des Jahres 1866 gestorben.

Nicht selten ist der Fall, daß der Tod erst wieder ein längst entschwundenes Gedächtniß auffrischt, welches ein langes

thatenarmes Alter allmälig in den Herzen der Mitwelt aus=
getilgt hatte. Bei Rückert ist dieß nicht der Fall gewesen.
Wäre selbst seine Leyer am Abend seines langen Lebens —
er wurde mehr als 76 Jahre alt — verstummt, was nicht in
dem Maaße stattfand, wie es den Schein hatte, so hat er
während der Zeit seines rüstigen Schaffens genug geleistet um
auch bei der Nachwelt sich ein immer frisches Andenken zu
sichern. Auch die Jugend kennt ihn und muß ihn kennen,
wär' es auch nur aus einzelnen Liedern, welche immer und
immer wieder von jedem neuen Flug mit Freuden begrüßt
werden; so sehr sind sie aus dem Herzen der Jugend heraus=
gedichtet und treffen den Ton, welchen die Kindesseele gern
angeschlagen hört. Wer kennt nicht das Märlein vom „Büb=
chen, welches überall hat mitgenommen sein wol=
len", oder vom „Männlein in der Gans", oder vom
„Bäumlein, welches andere Blätter hat gewollt"?
— und nicht zufrieden war, immer höher hinaus wollte, bis
der Schacherjude sein in Gold verwandeltes Laub unbarm=
herzig abreißt. Nicht wahr? Mancher unter euch sieht im
Geist noch auf der Abbildung nebenan den garstigen Ausdruck
im gierigen Gesicht des Juden mit dem rothen verwilderten
Bart und dem schmutzigen Schnappsack? Seid ihr dann her=
ausgetreten über die allerersten Kinderjahre, so ist wohl kaum
einer, der nicht in irgend einer der Jugend bestimmten Ge=
dichtsammlung den Kaiser „Barbarossa" getroffen hätte, wie er im
Kyffhäuser, „im unterirdischen Schlosse" sich verzaubert aufhält
und so lange lebt, bis die „schwarzen Raben" nicht mehr draußen
um den Thurm herumflattern. Hat der jugendliche Leser aber auch
den Sinn, der diesem Gedicht zu Grunde liegt, richtig verstanden?
und weiß er, daß jetzt vielleicht, aber auch nur vielleicht, die
Zeit vor der Thür steht, wo die schwarzen Raben, welche der
Einheit unseres nachbarlichen Deutschlands stets entgegen waren,
alle verscheucht sind, wo also der alte Kaiser, falls er noch
immer wachte, sein müdes Haupt endlich wird zum Schlaf hin=

legen können? Es fängt an Tag zu werden in Deutschland;
— Tag wenigstens nach der Seite der Einigung und des Ge=
meingefühls — die Raben, die Sinnbilder der schwarzen Nacht,
fliehen vor dem aufsteigenden Licht; freilich, die aufwirbelnden
Lerchen, die Boten des endlichen Morgens, schweben und singen
über blutigen Schlachtfeldern und ihr Triumphgesang will vie=
len der Besten noch nicht gefallen. Ob Rückert, der Kämpe
für die Freiheit und Größe seines Vaterlandes, dieß geahnt
hat, als er sein greises Dichterhaupt zur Ruhe legte? — —
Ich weiß es nicht. Neben jenem Gedicht aber hat sicherlich
ein Jeder von euch sein Vergnügen und seinen Genuß ge=
habt an dem so sinnig erfundenen und so prächtig durchge=
führten „Mann im Syrerland", der sein Kameel am Halfter=
band führt. Freilich, es ist nur ein Gleichniß, aber ein sol=
ches und in so meisterhafter Art behandelt, daß selbst die Ju=
gend ihre Lust dran haben muß, falls diese nicht etwa getrübt
wird durch gewisse Erfahrungen aus der Schule, wo jenes
Gedicht Stoff zum Auswendiglernen hergab. Daran ist aber
der gute Rückert nur insofern schuld, als er etwas Gutes ge=
macht hat, welches der Jugend vorgelegt werden darf — und
diese Schuld wird ihn nicht drücken! Weniger bekannt, obgleich
sehr wirksam und beherzigenswerth; auch durch den stets sich
wiederholenden Schlußvers (Refrain) gar lieblich in die Ohren
fallend: ist die „bestrafte Ungenügsamkeit", welche ich
hier mittheilen will:

Es war das Kloster Grabow im Lande Usedom,
Das nährte Gott vor Zeiten aus seiner Gnade Strom.
      Sie hätten sich sollen begnügen!
Es schwommen an der Küste, daß es die Nahrung sei,
Den Mönchen in dem Kloster jährlich zwei Fisch herbei.
      Sie hätten sich sollen begnügen!
Zwei Störe, groß, gewaltig; dabei war das Gesetz,
Daß jährlich sie den einen fingen davon im Netz.
      Sie hätten sich sollen begnügen!

Der andre schwomm von dannen, bis auf das andre Jahr,
Da bracht' er einen neuen Gesellen mit sich dar.
    Sie hätten sich sollen begnügen!
Da fingen wieder einen sie sich für ihren Tisch;
Sie fingen regelmäßig, Jahraus Jahrein, den Fisch.
    Sie hätten sich sollen begnügen!
Einst kamen zwei so große in einem Jahr herbei;
Schwer war die Wahl den Mönchen, welcher zu fangen sei.
    Sie hätten sich sollen begnügen!
Sie fingen alle beide. Den Lohn man da erwarb,
Daß sich das ganze Kloster den Magen dran verdarb.
    Sie hätten sich sollen begnügen!
Der Schaden war der kleinste, der größte kam nachher:
Es war nun gar zum Kloster kein Fisch geschwommen mehr.
    Sie hätten sich sollen begnügen!
Sie hat so lange gnädig gespeiset Gottes Huld;
Daß sie nun des sind lebig, ist ihre eigne Schuld.
    Sie hätten sich sollen begnügen!

Ihr kennt also schon einigermaßen Friedrich Rückert, geboren in Schweinfurt, der lieblichen Mainstadt, am 16. Mai 1788, gestorben in der Nähe von Coburg, auf seinem beim Dorf Neuseß gelegenen Landsitze, am 31. Januar 1866. Ueber sein Leben kann ich mich kurz fassen: „Er lebte, liebte und starb," kann auch von ihm und zwar mit größerm Rechte gesagt werden, als von manchem andern Dichtergenossen. Denn er lebte ein gesegnetes, an Arbeit und Ergebnissen fruchtbares, an Wechseln nicht gerade stürmisches, aber doch in steter Bewegung erhaltenes und darum frisches, gesundes Leben, das nie stockte, nie versumpfte, bis das heranrückende Alter, wenn schon an innern Erlebnissen und Ergebnissen nichts weniger als arm, dennoch der äußerlichen Existenz selbstgewählte Schranken zog. Hinaus in die Welt, die sich ihm nicht nur an den verschiedensten Punkten seines Vaterlandes, vorübergehend oder dauernder, sondern auch jenseits der Alpen, in Italien gezeigt hatte, wollte Rückert nicht mehr, verschloß sich aber denen nicht, welche zu ihm hinein wollten und ihn in liebender Verehrung aufsuchten in seinem traulichen Heim, wo der kräftige körper= lich wie geistig ungeschwächte Greis wie ein Patriarch inmitten einer glücklichen Familie waltete, die Milde seines Umgangs wohlthuend auf alles wirken ließ und von den reifen Früchten seines reichen geistigen Lebens nach allen Seiten hin austheilte. Wie viel äußere Ehrenzeichen, und welcher Art, ihm während seines Wirkens zu Theil wurden, das kann einem schweizeri= schen Leser ziemlich gleichgültig sein; und auch Rückert stand an Lebenserfahrung und Lebensweisheit zu hoch, als daß er auf dergleichen äußere Zeichen hätte großen Werth legen und den wahren Lohn seines Thuns nicht vielmehr in sich selber suchen und finden sollen. Er liebte, hab' ich ferner gesagt; er ist auch der Dichter der Liebe, der wahren, edlen Liebe, deren Lob in allen Weisen erklingt, in seinen schönsten Erzeugnissen, durch alle andern Tonarten, welche sein fruchtbarer Geist gleich= falls anzuschlagen weiß, durchklingt, und bei jeder Gelegen= heit, bei jedem Volk und in jeder Zone, welche seine mitwan= dernde Muse besuchte, kräftig und innig anklingt.

Die Liebe ist der Dichtung Stern,

Die Liebe ist des Lebens Kern,

Und wer die Liebe ausgesungen,

Der hat die Ewigkeit errungen.

So sang, so lebte er, und sein „Liebesfrühling" den er als junger Mann in einer unerschöpflichen Mannigfaltig= keit poetischer Blumensträuße über die deutschen Fluren aus= schüttete, ist in seinem Herzen Wahrheit geblieben bis in den tiefsten Spätherbst seines Lebens hinein. — Gern möcht' ich dir aber etwas aus der Jugendzeit, aus den Knaben= und Jünglingsjahren des Dichters mittheilen, denn ich weiß gar wohl, bei Männern, die man euch vorführt, pflegt ihr stets neugierig zu fragen, wie sie es denn in ihrer Jugend getrie= ben haben, ob sie denselben Neigungen und Gewohnheiten

nachgingen, wie ihr selber, ob sie sich auch gern herumtum=
melten bei Spiel und Scherz, und Liebhabereien hatten zu dem
oder jenem, was der Jugend in's Herz lacht. Wüßt ich nur
mehr über unsern Rückert zu erzählen, als ganz Allgemeines,
daß er eben harmlos, munter und frisch dahinlebte und, stets
einer der Ersten und Vordersten, am Treiben seiner Alters=
genossen den regsten Antheil nahm. Von Besonderm weiß ich
nur etwa, daß er und sein jüngerer Bruder — beide größer
und starkknochiger als alle andern — in der Knabenschaar des
Dorfes, wohin sein Vater als Amtmann versetzt worden war,
die Könige und bei jedem Streit Sieger waren, daß weder
Schmetterling noch Käfer, ja leider auch kein Vogel vor ihm
sicher war, von den Kirschen auf eigenen und fremden Bäu=
men zu geschweigen, daß er eifrig auf Erd= und Heidelbeeren
ausging und sich kein Gewissen draus machte, für das Pfingst=
fest die Wipfel der Birke zu sutzen und für's Weihnachtsfest
eigenhändig den Fichtenwald zu berauben. Es gibt Dichter,
sie sind körperlich überaus fein und zart angelegt, als ob neben
der gewaltigen Entwicklung des Geistes der Leib nicht Raum
gehabt hätte sich gehörig auszubilden — Rückert gehörte
nicht zu dieser Gattung. Wer ihm nahe kam, auf den machte
seine Gestalt einen mächtigen Eindruck. Er war von unge=
wöhnlicher Größe, dabei, wie schon gesagt, gliederstark und von
derbem Knochenbau; sein Gesicht hatte höchst markirte Züge.
Sein braunes, in der Mitte gescheiteltes Lockenhaar, fiel üppig
zu beiden Seiten des Hauptes herunter und umrahmte eine
freie hohe Stirn, unter welcher in dunklem Feuer ein Paar
tiefe Augen hervorleuchteten. Die Augen schreckten, wenn sie
drohten; gewöhnlich aber sprach Milde aus ihnen. Der Aus=
druck und das Feuer dieser Augen sollen ihm eigen geblieben
sein bis in sein hohes Alter; auch sein Haarwuchs blieb ihm treu,
sowie hinwiederum Rückert in der körperlichen Haltung seine
einmal angenommene Eigenart immer beibehalten haben soll.

Rückert's Jünglings=, theilweise auch Mannesalter fiel in

eine für sein deutsches Vaterland verhängnißvolle Zeit: Die gro=
ßen Schlachten gegen den ehrgeizigen französischen Kaiser wur=
den geschlagen; die Würfel des Schlachtengottes fielen gegen
Deutschland aus, bis der Kaiserwahnsinn, der sich selbst zur
Herausforderung der Natur verstieg, in den Eisfeldern Ruß=
lands ohnmächtig zusammenbrach. Ein mächtiger Rückschlag
folgte auf den Fall des Riesen, ein Rückschlag, der bis in die
fernsten Grenzen deutscher Zunge und deutschen Lebens nach=
zitterte und selbst diejenigen hinriß, welche bisher sclavisch
dem Wagen des stolzen Triumphators gefolgt waren. Ganz
Deutschland, in Waffen, wehrte sich gegen seinen eisernen
Unterdrücker, und nicht nur ganz Deutschland: eine europäische
Eidgenossenschaft bildete sich gegen die unsittliche Herrsch= und
Eroberungssucht Napoleons, um alle Gelüste desselben ein
für allemal zu unterdrücken. Aber Deutschland war vor allen
andern Völkern ausersehen zur Hauptrolle in dem bevorstehen=
den Riesenkampf: durch alle seine Lande flammte ein heiliger
Eifer; wer das Schwert führen konnte, Jüngling und Mann,
ja selbst Frauen und Greise, ließ sich einreihen, und wer nicht
konnte, der versuchte es wenigstens mit der Feder, mancher
Held auch mit Beiden, so der edle Theodor Körner, den jeder
deutsche und auch jeder schweizerische Jüngling kennt, der
Sänger mit „Schwert und Leyer", der im schönsten hoffnungs=
reichsten Alter, in der feurigsten Begeisterung für Freiheit und
Vaterland sein junges Leben lassen mußte unter der Eiche von
Wöbbelin. Rückert, so sehr er auch seinem patriotischen Zorne,
dann auch seiner Hoffnung auf endliche Erlösung in Liedern
aller Art Luft machte und von heiligem Ingrimm gegen die
Zwingherrschaft erfüllt war, kam nicht dazu, in der Weise
Körners oder Arndts seine Vaterlandsliebe und seinen Fran=
zosenhaß doppelt zu bethätigen: Kränklichkeit hielt ihn von der
Theilnahme an den Freiheitskriegen zu Hause; er mußte sich
— sehr gegen seinen Willen — begnügen, die Waffen des
Wortes zu schmieden und diese zu dem großen Kampfe beizu=

steuern; aber er that dieß in einer Weise und mit einer Kraft, welche ihn in die erste Reihe der Kämpfer stellt:

„Mir war statt eines Rappen
Der Musen Roß verliehen" —

sagt er selber von sich und beneidet seinen Bruder, der in den Reihen der Streiter focht und „von Waffenschmuck umkleidet" ausziehen konnte, um „Feindherzblut" einzusaugen. Mit dem Erfolg des blutigen Kampfes, so löblich auch dieser war, konnte sich sein patriotisches Herz nicht zufrieden geben, so wenig wie das irgend eines andern edlen Deutschen, denn „die Fürsten machten Frieden", und nicht das Volk, und der Friede war der Art, daß er des Blutes so vieler Edlen nicht werth war. Paris, „das Raubnest", blühte fort, Frankreich blieb, was es war; es war gedemüthigt, nicht geschwächt, es hatte eine Lection erhalten, war aber nicht zu Boden geworfen; die deutsche Freiheit, die gehoffte und versprochene, kam nach beendigtem Kriege nicht zum Vorschein, sie war nur als Reizmittel zur Begeisterung von den Fürsten gebraucht worden, jetzt, nachdem der Zweck erreicht war, war sie den großen Herren nicht mehr genehm: der preußische Aar und der österreichische Doppeladler wachten ängstlich auf hohem Horste und spähten umher, wo sich freiheitliche Brut zeigen wollte, um ihr die Krallen in den jungen Leib zu hacken, und wo sie nicht ausreichten, da schlug die unbarmherzige russische Kosackenknute ihre eisernen Zacken in's zuckende Fleisch. Seit diesen düstern Zeiten, welche mehr als einen der eifrigsten Kämpfer für Deutschlands Sache entmuthigt, ja zur Verzweiflung getrieben haben, zog sich auch Rückert im grollenden Unmuth von der politischen Poesie zurück und nur selten und zufällig entströmten seiner Leyer ähnliche Klänge.

Zu seinen bekanntesten Gedichten, welche er im Dienst der vaterländischen Muse schrieb, gehören die von ihm selbst so genannten „geharnischten Sonette", gedichtet in einer Form, welche zwar für Kriegslieder nicht die geeignetste ist

und woran viele Andere gestrauchelt wären, die aber von ihm,
dem erstaunlichen Virtuosen in der Form, spielend gehandhabt
wird, als ob gerade sie und keine andere die passende wäre.
Trotz des Reimspiels nämlich in den künstlichen Strophen=
paaren, welches jener ursprünglich italienischen Sonettform hei=
teren Inhalt voll Lust und Liebe oder wenigstens den stillen
Schmerz der Seele zuweist, weiß Rückert innerhalb dieser
Schranken seine kriegerischen Gefühle in vollem Sturmschritt
aufmarschiren zu lassen; in andern wieder seinen tiefen Schmerz.

Was schmiedst du, Schmied? „Wir schmieden Ketten, Ketten!"
Ach, in die Ketten seid ihr selbst geschlagen.
Was pflügst du, Bau'r? „Das Feld soll Früchte tragen."
Ja, für den Feind die Saat, für dich die Ketten.
Was zielst du, Schütze? „Tod dem Hirsch, dem fetten."
Gleich Hirsch und Reh wird man euch selber jagen.
Was strickst du, Fischer? „Tod dem Fisch, dem zagen."
Aus eurem Todesnetz, wer kann euch retten?
Was wiegest du, schlaflose Mutter? „Knaben."
Ja, daß sie wachsen und dem Vaterlande
Im Dienst des Friedens Wunden schlagen sollen.
Was schreibest, Dichter, du? „In Glutbuchstaben
Einschreib' ich mein und meines Volkes Schande,
Das seine Freiheit nicht darf denken wollen." —

Freilich, ohne Schäden und Verrenkungen geht es nicht
durchweg ab; nicht, als ob Rückert sie nicht hätte vermeiden
können, aber seine Leichtigkeit spielt ihm schon hier, wie später
noch in vermehrtem Maaße, den Streich, daß er den mühe=
vollen Kampf mit der Form überall glaubt verschmähen zu
sollen. In anderen Liedern, welche inhaltlich nicht gerade be=
deutend sind, hat er gerade durch die Form und den Rhythmus
den richtigen Ton merkwürdig getroffen; man glaubt oft einen
Kriegsmarsch durchzuhören, so in dem Lied auf den „Marschall
Vorwärts":

2

— — — — — — —

Marschall Vorwärts!
Ihr französischen Marschälle,
Warum seid ihr so verstört?
Laßt die Felder, kriecht in Wälle,
Wenn ihr diesen Namen hört?
Marschall Rückwärts, das ist eurer,
Marschall Vorwärts! ist ein neuer
  Marschall Vorwärts,
    Der dem Blücher angehört.

Eine angemessene Tonmalerei herrscht vor in dem Lied „Auf die Schlacht bei Leipzig":

    Kann denn kein Lied
    Krachen mit Macht
    So laut, wie die Schlacht
    Hat gekracht auf Leipzig's Gebiet?

    Drei Tag und drei Nacht
    Ohn' Unterlaß
    Und nicht zum Spaß
    Hat die Schlacht gekracht u. s. w.

Wer glaubt nicht aus diesen harten, kurz abgestoßenen Lauten heraus das Rottenfeuer krachen zu hören? Ein wahrhaft electrisirendes Versmaaß (und das ist bei solchen Liedern die Hauptsache) durchzuckt auch das „Landsturmlied":

    Der Landsturm! der Landsturm!
  Wer hat das schöne Wort erdacht,
  Das Wort, das donnert, blitzt und kracht,
  Daß einem das Herz im Leibe lacht,
  Wenn ganz ein Land zum Sturm erwacht,
  Wer hat den Landsturm aufgebracht?

In vieler Munde waren ferner und sind noch die Rückert'schen Lieder auf den Tyroler Andreas Hofer, den bekannten Wirth zu Passeyer und Commandanten des Tyrols, auf den

Kapuziner Haspinger „mit dem rothen Barte“, welcher sein Volk
im Namen der Religion gegen die Bayern zum Widerstand auf=
reizt, und den Speckbacher mit seinem „Bub“, der dem Vater und
seinen Leuten, als die Munition fängt auszugehen, seinen Hut
voll Kugeln bringt, die er aus den Bäumen und Felsen, wo sie
einschlugen, ausgegraben hat. Mancher der jungen Leser, dem
vielleicht Hebel's Schilderung von Andreas Hofer (im „Schatz=
kästlein“) bekannt ist, wird freilich das Rückert'sche Lied auf ihn
nicht recht zusammenreimen können mit dem Urtheil Hebel's,
das so geringschätzig, ja tadelnd lautet. Er muß eben be=
denken, daß der gute Hebel, dessen Vaterland Baden damals
unter französischem Schutz und im Bund mit Frankreichs Herr=
scher war, der es erst zum Großherzogthum gemacht hatte, den
Aufstand in Tyrol und Hofer's Thun mit französisch gefärbter
Brille ansah, und bei dieser Beleuchtung mußte allerdings die
Gestalt des Tyrolercommandanten sich nicht zum günstigsten
ausnehmen! Wir Schweizer haben übrigens nicht gerade Ur=
sache, uns bei Rückert zu bedanken für die Schilderung, welche
er in seinen politischen Liedern von uns entwirft. Neben bittern
Wahrheiten, die er uns in's Angesicht schleudert („Die Enkel
sind geworden fremder Thüren Hüter“), reißt ihn sein Deutsch=
thum zu offenbaren Ungerechtigkeiten gegen seine schweizerischen
Zeitgenossen hin.

„Wo wohnen denn“ — fragt er — „die Telle?“
Wo die Winkelriede?
Deren Preis so helle
Klingt im alten Liede?

Und er antwortet: Ausgewandert sind sie, über die Schweizer=
alpen gezogen zu andern Alpen — in's Tyrol! Er vergißt, daß
wir Schweizer schon längst nicht mehr zum „heiligen deutschen
Reiche“ gehören und uns unserer nationalen Existenz nicht zu
wehren hatten, daß ferner das Schreckmittel der gefährdeten Re=
ligion, welches bei den ungebildeten Tyrolern losgelassen wurde,
bei uns Schweizern, Gott sei Dank! nicht würde verfangen

haben, und daß, hätten wirkliche Lebensgüter ernstlich auf
dem Spiel gestanden, die Schweizer wahrscheinlich auch zu
den Waffen gegriffen hätten. Was damals in der Schweiz
alles ging und nicht ging, ist freilich nicht immer das Richtige
und Löbliche, aber wenn Rückert, nicht ohne derben Hochmuth
und Ueberschätzung deutschen Wesens, etwas benebelt vom
Siegesrausch, unser Land mit einem Schweizerkäs und unsere
Landsleute mit Maden vergleicht, welche beide als nothwendige
Zuthat auf das „deutsche Freiheitsbrot" gestrichen werden
müssen (das heißt, ohne Bild, zum deutschen Reich geschlagen),
so hat er sicher diese übermüthige Laune selber wieder verur=
theilt, als er und so viele Millionen seiner Landsleute an
seinem sogenannten „deutschen Freiheitsbrot" sich die Zähne
ausbissen. Denn es kam ja, wie er es selber nur zu bald
ahnte. Nachdem er seinen Deutschen zugejubelt:

> Ihr habt getaucht die Kiele
> In rothe Tinten tief,
> Geschrieben mit der Schwiele
> Der Hand den Freiheitsbrief —

muß er in trüber Stimmung später singen:

> Diplomaten, Diplomaten,
> An euch liegt die Schuld zunächst,
> Wenn aus blut'gen Siegessaaten
> Nicht die rechte Ernt' uns wächst.

Mit der Politik — um hier zu schließen — hat auch ein
Lied zu thun, betitelt „Roland zu Bremen"; der Anlaß zu
demselben ergibt sich aus dem Inhalt; hier sei es als Beweis
für die Formgewandtheit des Dichters mitgetheilt: er hat
nämlich den ächt deutschen Stabreim in Anwendung gebracht,
welcher, im Gegensatz zu dem gewöhnlichen Reim, am Anfang
der Wörter sich findet und auf der Gleichheit eines Buch=
stabs (daher Stabreim) beruht:

> Roland, der Ries', am
> Rathhaus zu Bremen

Steht er im Standbild
Standhaft und wacht.

Roland, der Ries', am
Rathhaus zu Bremen
Kämpfer einst Kaisers
Karls in der Schlacht.

Roland, der Ries', am
Rathhaus zu Bremen
Männlich die Mark einst
Schützend mit Macht.

Roland, der Ries', am
Rathhaus zu Bremen,
Wollten ihm Wälsche
Nehmen die Wacht.

Roland, der Ries', am
Rathhaus zu Bremen,
Wollten ihn Wälsche
Werfen in Nacht.

Roland, der Ries', am
Rathhaus zu Bremen
Lehnet an langer
Lanz er und lacht.

Roland, der Ries', am
Rathhaus zu Bremen; —
Ende ward wälschem
Wesen gemacht.

Roland, der Ries', am
Rathhaus zu Bremen
Wieder wie weiland
Wacht er und wacht.

Sonst hat sich Rückert, der seine Stärke gar wohl kannte,
sein Lebenlang zu einem Dichter des Gemüths, hauptsächlich

der Empfindung edler Liebe bekannt, was die Kunstsprache
einen Lyriker nennt. Die meisten und schönsten seiner eigent=
lichen Gedichte gehören in diesen Rahmen, und selbst die län=
geren Heldengedichte, welche er nicht sowohl gedichtet als über=
setzt und dem deutschen Geschmack mundgerecht zubereitet hat,
bewegen sich ihrem Hauptinhalt nach um diesen Pol des mensch=
lichen Lebens. Freilich, seine allergrößte Stärke, dasjenige Ge=
biet, wo Rückert eigentlich unter allen deutschen Dichtern un=
erreicht dasteht, ist das Lehrgedicht, aber da dieses, nach der
allgemeinen Ansicht, nicht mehr voll und ganz der poetischen
Gattung angehört, sondern sich theilt zwischen dieser und der
Philosophie, so darf man, wenn Rückert's rein dichterische
Natur in's Auge gefaßt und beurtheilt wird, ihn gar wohl
einen Lyriker nennen. Sein „Liebesfrühling", in fünf Strän=
ßen, durchweg auf wahren, meist selbst erlebten Empfindungen
und Erfahrungen beruhend, hat ihm zuerst einen Namen ge=
macht und unsere deutsche Literatur mit einem bleibenden Denk=
mal von hohem Werth bereichert. Der Jugend freilich liegt
diese Welt noch fern, und so braucht von ihr hier nicht weiter
die Rede zu sein. Auch über die „östlichen Rosen" des
Dichters können wir kurz weggehen, um so mehr, da diese
Darstellungen und Nachahmungen orientalischen Lebens und
orientalischen Fühlens, wenn schon viel daran rein menschlich
gedacht und aus dem großen Strom auch unserer Empfin=
dung geschöpft ist, doch zum Nachfühlen und richtigen Ver=
ständniß einer gelehrten Zugabe bedürfen, welche wir unsern
jugendlichen Lesern nicht zumuthen dürfen. Sie werden sich
wohl darüber trösten können: die orientalische Welt mit ihrem
Reichthum an Phantasie hat zwar reizende Gebilde aufzuweisen,
aber so ganz sich diese anzueignen und in ihnen aufzugehen
will dem unbefangenen Gefühl doch nicht recht gelingen; wohl
sind die Blumen lieblich für das Auge, aber mehr oder we=
niger doch nur gefrorener Hauch; wie sich auch die Schnee=
flocken und Eisblumen an den Winterfenstern hübsch aus=

nehmen, ein Hauch sie aber vernichtet, so ist's auch mit jenen
Blumen: ein Hauch zerstört den Hauch. Und sie sind massen=
haft und wollen kein Ende nehmen, jede der andern so ziemlich
gleich, und das wirkt nach und nach ermüdend. Das gehört
aber auch zu Rückerts Natur, sein Gefühl in hundert und aber
hundert kleine, niedliche, aber ähnliche Bruchstücke zu zersplit=
tern, wie er dieß selber fühlt und ausspricht:

Geist genug und Gemüth in hundert einzelnen Liedern
Streu ich, wie Duft im Wald, oder wie Perlen im Gras.
Hätt' ich in einem Gebild es vereinigen können, ich wär' ein
Ganzer Dichter, ich bin jetzt ein zersplitterter nur.

Darum auch war Rückert's Natur nicht geeignet zu derje=
nigen Gattung der Poesie, wo es einer Haupthandlung bedarf,
um welche alles Nebenwerk sich herumdreht, wie die Planeten
um ihre Sonne; wo eine gewaltige Idee zu Grunde liegt,
worauf alles Denken und Thun am Ende zurückgeht und die
alles im Gefüge zusammenhält, das Zufällige zum Nothwen=
digen, das Zersplitterte zum Einen macht — ich meine das
Drama. Er hat sich zwar auch darin versucht, aber unglücklich,
wie es nicht anders sein konnte. Seine Dramen sind Tages=
erzeugnisse, welche der Zukunft nicht Stand halten; den Dra=
matiker Rückert wird die Geschichte der Poesie in ihre Blätter
nicht aufzeichnen. — Es bedarf kaum der Erinnerung, daß ein
gefühlvoller Lyriker wie Rückert, mitten in einer schönen Natur
und im Genuß der erhabensten Kunstschätze, in der ewigen
Roma, sich nach dem trüberen und kälteren Himmel seiner
Heimath zurücksehnte:

Herr, laß mich nicht im fremden Lande sterben,
Wo keine Hand die Augen zu mir drückt
Und keine mir den Ort mit Blumen schmückt,
Wo man mich hinwirft wie zerbrochne Scherben.
— — — — — — — —
Herr, laß mich sterben heim bei meinen Lieben!

Und daheim mußte ihm natürlich auch wohler sein auf
seinem stillen, beschaulichen Landsitz, als im Gewühl der Stadt.
Er schildert diese Sehnsucht in klingenden Tönen:

Aus der staubigen Residenz
In den laubigen frischen Lenz,
Aus dem tosenden Gassenschrei
In den kosenden stillen Mai,
Aus dem rauschenden Opernsaal
Zu dem lauschenden Frühlingsthal,
Aus dem glänzenden Waffenspuck
Zu dem kränzenden Blumenschmuck,
Aus dem häßlichen Stutzerfrack
Zu der läßlichen Gärtnerjack',
Aus der stickenden Menschenluft
Zum erquickenden Waldesduft,
Von der stockenden stolzen Spree
Zu der lockenden Quell im Klee,
Aus der unendlichen Stadt Berlin
Zu dem ländlichen Neuses hin u. s. w.

Rückert's Lehrgehalt (Didaktik) ist hauptsächlich niederge=
legt in seiner „Weisheit des Brahmanen, ein Lehr=
gedicht in Bruchstücken" und den „Brahmanischen Er=
zählungen". Beide, besonders das erste Werk, machen
einen mächtigen Eindruck durch die Fülle der hier ausgegossenen
Weisheit, die im breiten Strom majestätisch und unerschöpflich
dahinwallt durch eine mit duftigen Blumen übersäete Ebene,
und vom üppig bewachsenen Ufer her spiegeln sich im klaren
Wasser die herrlichsten Pflanzen. Auch die „morgenlän=
dischen Sagen" entstammen zum großen Theil diesem Ge=
biet, denn ihr Kern, wenn auch oft phantastisch umhüllt, birgt
gewöhnlich eine „Lehre". Warum, höre ich fragen, legt aber
Rückert seine Weisheit Brahmanen in den Mund? Weil
Aus Brahma's Quelle ist der Weisheit Strom geleitet,
Der sich durch Morgenland und Abendland verbreitet.

Und wirklich, vom Lande der beschaulichen Inder her —
ihr Gott ist Brahma, seine Priester die Brahminen — ist auch
unsre europäische Bildung theilweise befruchtet worden und
wäre es auch nur durch die in unvordenklichen Zeiten ge-
schehene Mittheilung der alten indischen Sprache, des San-
scrit, welche ja die Mutter der meisten europäischen Sprachen
geworden ist. Auch für euch, liebe Leser, enthält dieser Schatz
manche edle Perle. Hört:

> Nicht der ist auf der Welt verwaist,
> Dem Vater und Mutter gestorben,
> Sondern der für Herz und Geist
> Kein Lieb' und Wissen erworben.

Merkt euch ferner:

> Hast du Böses gethan, wer bürgt,
> Daß nicht noch spät' es sich werde rächen?
> Dein Schlund hat den Knochen hinabgewürgt,
> Er wird die Eingeweide durchstechen.

Oder:

Kind, lerne zweierlei, so wirst du nicht verderben.
Zum ersten lerne was, um etwas zu erwerben.
Zum andern lerne das, was Niemand dich kann lehren:
Gern das, was du nicht kannst erwerben, zu entbehren.

Oder:

Noch sorgen Andere, mein Kind, für dich und wachen.
Bald es für dich zu thun, mußt du dich fertig machen.
Und bist du für dich selbst von Sorgen einst geborgen,
Für andere hast du dann zu wachen und zu sorgen.
Der Mensch wird niemals frei von dieser Sorgenmacht,
Die er bald anderen, und bald sich selber macht.

Und so noch Vieles. Aber enthalten kann ich mich nicht
euch das belehrende Gedicht vollständig mitzutheilen, in welches die Bezähmung des Zornes so sinnig eingekleidet ist:

> Bezähme deinen Zorn und lasse dem die Rache,
> Der besser als du selbst kann führen deine Sache.

Der strenge König, der nie ein Vergehn vergeben,
Erhielt, weil eines er vergab, dadurch sein Leben.

Du fragst, wie dieses war? ich will es dir berichten,
Wie mir es kund gethan wahrhaftige Geschichten.

Der König auf der Jagd in kühnem Uebermuth
Schwelgt in der Thiere jetzt, wie sonst in Menschenblut.

Auf einmal, wie er steht im stolzen Jägerchor,
Fliegt her ein Unglückspfeil und streift sein linkes Ohr.

Wie wird der rasche Grimm des Königs jetzt entlodern!
Und sein vergoß'nes Blut wie blut'ge Rache fodern!

Allein es ist, als ob der Pfeil ihm hab' in's Ohr
Ein leises Wort gesagt, das seinen Grimm beschwor:

Ich hätte können dir, sagt er, das Herz durchbohren,
Und streifte schonend nur das Läppchen an den Ohren.

Wo ist der Schütze, der den Meisterschuß gethan?
Der eines Königs Herz gelenkt auf bessere Bahn?

Der fremde Jüngling ist's, der, wannen er gekommen,
Nicht sagen wollte, da er ward in Dienst genommen.

Man soll, der König spricht, sein Reisegeld ihm geben,
Denn immer würd' er hier vor meiner Rache beben.

Denn freilich ist die Welt von mir nicht des gewohnt,
Zu seh'n Vergehungen verziehen, ja, belohnt.

Der fremde Jüngling zieht davon und dankt dem Glück,
Und bei dem König bleibt der Pfeil von ihm zurück.

Von dem er stets gemahnt, dem ersten Vorsatz treu,
Bleib zum Verzeihn geneigt, von Blutvergießen frei.

Doch alle Herzen, die fortan sein Zorn gekränkt,
Empören jetzt sich, da zur Huld er umgelenkt.

Er muß aus seinem Land, dem Aufruhr weichend, fliehn,
Und heimlich im Gewand der Pfeil begleitet ihn.

Es ist der Reue Pfeil, der ihm am Herzen nagt,
Doch ihm auch einzig Trost in der Verbannung sagt.

Zuletzt in fremdem Land, wo zur Gefangenschaft
Man jeden Fremdling bringt, wird er gebracht zur Haft.

Im dunklen Königshof liegt er am Tag gefangen,
Wo Sonnenstrahlen matt hoch über Mauern drangen.

Da hört er frohen Hall von Stimmen aus der Ferne,
Und denkt an laute Jagd, wobei er wäre gerne.

Er zieht den Pfeil heraus mit ahnungsvollem Sinn,
Der ihm bisher gereicht zu nichts denn Ungewinn.

Ein Königsreiher schwebt hoch über ihm gemach;
Und schnell aus freier Hand wirft er den Pfeil darnach.

Den Vogel fehlt der Schuß, doch ist er nicht gefallen
Vergebens draußen, wo die frohen Stimmen schallen.

Dort steht der Königssohn im stolzen Jägerchor,
Da fliegt der Pfeil heran und streift sein linkes Ohr.

Sie fragen sich bestürzt, wo kam er hergeflogen?
Dort von den Mauern, um den dunklen Hof gezogen.

Wer sitzt in jenem Hof? Ein Fremdling, jüngst gefangen.
Schnell, spricht der Königssohn, laßt ihn hieher gelangen.

Er wird herbeigeführt und glaubt zum Tod zu gehn.
Inzwischen hat den Pfeil der Königssohn besehn.

Den Pfeil in seiner Hand, spricht er zu dem Verbannten:
Du hattest, Fürst, im Dienst einst einen Unbekannten.

Der Unbekannte war ein fremder Fürstensohn,
Der seines Vaters Zucht im Uebermuth entflohn.

Erkenne mich, wie ich dich kenn' an diesem Pfeile,
Der uns verhängnißvoll berührt an gleichem Theile.

Du rächtest nicht, daß er von mir dein Ohr verletzt,
Doch sieh, der Himmel rächt's zur guten Stunde jetzt.

Durch welch Geschick du bist aus Land und Reich gefallen,
Komm, das erzähle dort in meines Vaters Hallen.

Heut ruhen wir darin, doch morgen ziehn wir aus,
Und führen dich zurück mit Heermacht in dein Haus.

Das Unheil, welches Goldgier in der Welt stiftet, wird trefflich durch folgendes kurze Gedicht dargestellt:

Drei fanden einen Schatz, und einer sollte laufen,
Um, denn sie hungerten, Brot in der Stadt zu kaufen.

Da dachte, der da ging: Das eingekaufte Brot
Vergift' ich, und der Schatz bleibt mein bei ihrem Tod.

Doch jene dachten auch: Wir wollen ihn erschlagen,
Um einen größern Theil am Schatz davonzutragen.

Und sie erschlugen ihn, noch eh' sie von dem Brot
Gegessen, aßen's dann, und aßen sich den Tod.

O Welt! was ist dein Gut, das solches Uebel stiftet!
Von deinem Schatz ist der erschlagen, der vergiftet!

Das Gedicht, welches ich dir jetzt mittheile, handelt vom Katerstolz, du wirst dir aber hoffentlich deine Lehre auch daraus entnehmen können:

Vernimm vom Katerstolz, wie er auf Fuchses Rath
Zuletzt das Weib, das ihm gebührt, bekommen hat.

Der stolze Kater sprach: Ich bin so hoch geboren,
Der Sonne Tochter hab' ich mir zum Weib erkoren.

Weil über groß und klein hell' ist der Sonne Schein,
Darum will ich allein der Sonne Tochter frei'n.

Wie oder weißt du, wer der Sonne Meister seie?
Den sage mir, damit ich dessen Tochter freie.

Der Fuchs, der kluge, sprach: Das ist dort jene Wolke,
Die hält der Sonne Licht zurück vor allem Volke.

Der Kater sprach: Wie stark muß nicht die Wolke sein!
So will ich lieber doch der Wolke Tochter frei'n.

Wie oder weißt du, wer der Wolke Meister seie?
Den sage mir, damit ich dessen Tochter freie.

Der Fuchs, der kluge, sprach: Ihr Meister ist der Wind,
Vor dessen Hauch zergeht die Wolke so geschwind.

Der Kater sprach: Wie stark muß dessen Macht nicht sein!
So will ich lieber doch des Windes Tochter frei'n.

Wie oder weißt du, wer des Windes Meister seie?
Das sage mir, damit ich dessen Tochter freie.

Der Fuchs, der kluge, sprach: Dort jener alte Thurm,
An dem so lange schon sich brach der Winde Sturm.

Der Kater sprach: Wie stark muß dieser Thurm nicht sein!
So will ich lieber doch des Thurmes Tochter frei'n.

Wie oder weißt du, wer des Thurmes Meister seie?
Den sage mir, damit ich dessen Tochter freie.

Der Fuchs, der kluge, sprach: Im alten Thurm die Maus,
Die höhlet, bis er fällt, den Thurm von unten aus.

Der Kater sprach: Wie stark muß diese Maus nicht sein?
So will ich lieber doch derselben Tochter frei'n.

Wie oder weißt du, wer der Mäuse Meister seie?
Den sage mir, damit ich dessen Tochter freie.

Der Fuchs, der kluge, sprach: Dein Bäschen ist's, die Katze,
Die über's Mausgeschlecht gebietet mit der Tatze.

Der Kater sprach und zog den Schweif des Stolzes ein:
So will ich lieber doch der Katze Tochter frei'n.

In den morgenländischen Erzählungen gebührt
der Stoff und die Erfindung einzig und allein jenen orienta=
lischen Völkern, mit welchen Rückert's Gelehrsamkeit vertraut
war, Rückert's Verdienst besteht nur in der poetischen Ueber=
setzung. Auch die hebräische Ueberlieferung (vorzugsweise die
Bibel) hat manches beigesteuert. Ich beschränke mich auf die
Mittheilung folgender drei Gedichte:

I. Die abgestellte Hungersnoth.

Als im Lande Hungersnoth war,
Und dem König ward berichtet,
In des Reiches reichsten Städten
Stürben viele Arme Hungers;
Höret, welche rasche Auskunft,
Welche Abhilf' kurz und bündig
Peros traf, der Perserkönig.
Eigenhändig schrieb er einen
Brief an jede Stadt im Reiche
Dieses Inhalts: Wo ein Armer
Hungers stirbt in euern Mauern,
Werd' ich für den Armen einen
Reichen nehmen, und im Kerker
Auch i h n Hungers sterben lassen. —
Niemand starb im Lande Hungers,
Und die Reichen selber brauchten
Nicht zu hungern, mit den Armen
Nur den Ueberfluß zu theilen.

II. Die Entdeckung des Salzes.

Jlaf, ein Stammvater der Türken
In dem Lande, das sich erstreckt
Weithin ober dem Orus hinten,
Hat des Salzes Gebrauch entdeckt.
Vor den Füßen lag es den Leuten;
Das Gefild war davon bedeckt,
Aber es in den Mund zu nehmen
Keiner hätte sich das erkeckt;
Nur die klügeren Schafe haben
Zur Verdauung es aufgeleckt.
Aber Jlaf hat einen Braten
An den Bratspieß eben gesteckt,

Abgeschnitten ein Stück und seinen
Hunger damit zu stillen bezweckt;
Aus den Händen ließ er es fallen,
Und am Boden lag es befleckt.
Aber er hob es auf und fühlte
Seinen Hunger nicht abgeschreckt,
Sondern aß ohn' es abzuwischen,
Und ihm hat's besonders geschmeckt.
Als er dieses den Türken sagte,
Hat es ihnen die Lust erweckt,
Und sind so dahinter gekommen,
Welche Kraft in dem Salze steckt.

III. Der abgebrannte Bart.

Ein Professor hochgelahrt,
Wohlgesalbt den langen Bart,
Las in einem Buch bei Licht,
Und fand diesen Spruch, der spricht,
Daß ein langer Bart oft bei
Einem dummen Kopfe sei.
Lang sann er dem Spruche nach,
Bis er dies ersann und sprach:
Um die Wahrheit zu erkennen,
Will ich halb den Bart wegbrennen,
Und dann sehn in meinem Sinn,
Um wie viel ich weiser bin.
Und sogleich mit einem Spahn
Brennt er ihn von unten an.
Doch der Bart mit Oel und Salb',
Anstatt abzubrennen halb,
Brannte ganz in einem Nu,
Und ein Theil vom Kinn dazu.
Da erkannt' er, daß der Spruch
Recht gehabt in seinem Buch,

Daß Langbart beim Dummkopf sei,
Doch, vom langen Barte frei,
Weiser ward er nicht darum,
Sondern nach wie vor so dumm
Blieb er und so hochgelahrt,
Ohne jetzt, wie sonst mit Bart.

Rückert's Gelehrsamkeit, womit er den Orient, Indien,
Persien, Arabien, selbst China, wiewohl hier nicht auf eigener
Forschung fußend, durchstreift, hat auch der Poesie die schönsten
Früchte getragen. Drei Gedichte sind es, welche hier in Be=
tracht kommen, alle drei der Heldensage orientalischer Völker
entnommen, aber unserer modernen Anschauungsweise möglichst
anbequemt, das eine, Rostem und Suhrab, persischen, die
beiden andern, Savitri, und, umfangreicher als dieses, Nal
und Damajanti, indischen Ursprungs. Das erstgenannte
ist wohl das bedeutendste und eine wahre Bereicherung unserer
deutschen Literatur. Entnommen ist dasselbe dem sogenannten
Königsbuche des Dichters Firdusi. Der hier niedergelegte
Inhalt ist groß und erhaben, wie Felsenthore der Urwelt, und
erinnert in manchen Zügen übermenschlicher Kraftäußerung
und kolossaler Kernhaftigkeit an die Gestalten der deutschen
Heldensage. Entsprechend der äußern Kraftfülle, womit die
Kämpen ausgestattet sind, ist auch ihr Fühlen ein riesenhaftes,
ihr Wollen ein ungeheures, selbst hie und da ungeheuerliches.
In Rostem und Suhrab werden zwei gleich mächtige Helden=
naturen geschildert, Vater und Sohn, beide aber durch merk=
würdige Verkettung der Umstände einander fremd und un=
bekannt, der eine der stärkste Held des Landes Iran, der an=
dere des Landes Turan. In dem furchtbaren Zusammenstoße
beider ebenbürtiger Recken zum Zweikampf, worin der Sohn,
nachdem er schon Sieger gewesen, dämonischen Kräften endlich
unterliegt, gipfelt der entscheidende Punkt der Sage, welche hier
eine erschütternde Wirkung hervorbringt. Das Erbarmen des
Vaters kommt zu spät und die Ahnung des Sohnes wird erst

mit seinem Fall zur Gewißheit, welche den Vater gleichfalls
niederschmettert. Beide sind dahin, aber beide sind auch nicht
ohne Schuld, Suhrab nicht, weil er darauf ausgeht, beide
Reiche, Jran und Turan, zu stürzen, auf ihren Trümmern
eine Universalmonarchie zu gründen, die sittlichen und staat=
lichen Grundlagen zu verwischen und beider Religionen zu
verwirren, Rostem dagegen, weil er sich mit unfügsamem
und verblendetem Trotz gegen die seinem Sohne aufsteigenden
Ahnungen ihres gemeinsamen Blutes kehrt und wehrt.

Die beiden indischen Geschichten, „Savitri" und „Nal und
Damajanti," haben beide zum Gegenstand die Treue des Weibes.
Jene erkauft sich das Leben ihres dem Tode verfallenen Gatten
dadurch, daß sie mit ihm in den Tod zu gehen bereit ist: zum
Lohn dieser Treue erhält sie vom Todesgott, den sie auf er=
laubte, sinnige Art überlistet, das Leben ihres Gemahls zurück
und begleitet den Wiederbelebten, aber Todesmatten durch die
Wildniß hindurch und auf den Pfaden der Raubthiere, schützend
und stützend, nach Hause. Damajanti, die Königstochter, ge=
leitet ihren durch seinen Halbbruder aus dem Reich verstoßenen
Gemahl in die Schrecken der Verbannung hinaus. Hier aber
wird das treue Weib von ihrem Nal, in welchem plötzlich der
böse Geist der Verzweiflung die Oberhand gewonnen hat, ver=
lassen und irrt in den furchtbaren Wildnissen jener Urwälder
umher, von Thieren wie von Menschen verfolgt, bis sie endlich
bei Verwandten Asyl findet; aber sie ruht nicht, bis sie vom
Leben ihres nach wie vor geliebten Nal sich überzeugt hat und
ihn, den noch immer die bösen Geister verblenden und ver=
wirren, durch weiblich erfinderische List nach dem Hof ihres
Vaters lockt, wo er endlich wieder zur Erkenntniß seiner selbst
und seiner treuen Damajanti gelangt und sein Reich wieder
gewinnt.

Neben dem Inhalt und der zarten Behandlung desselben
in diesen Gedichten ist es nun aber auch die Handhabung der
Form, welche uns anspricht und theilweise mit Staunen er=

3

füllt. Theilweise, sage ich, denn besonders „Nal und Damajanti"
enthält Stellen, wo die Form nicht mehr künstlerisch, sondern
künstlich ist, und dieß ist ein Fehler. Rückert hat hier mit
Versen wie mit Worten gespielt und das Spiel hat sich oft
gerächt; er hat seinem unerschöpflichen Reichthum an Reimen
und Bildungen, ohne den Zügel des weisen Maßes an diese
üppige Fülle zu legen, rückhaltlos nachgegeben und die Grenze
des Erlaubten oft weit überschritten. Denn mögen die Indier
sich abenteuerliche, waghalsige Wortbildungen gefallen lassen,
— Rückert dichtet für deutsche Leser und wollte mit Recht,
wie er dieß selbst gesteht, alles Störende, was das indische
Original enthält, möglichst bei Seite lassen. Wir können uns
vielleicht (wenn auch gewiß nicht ohne Widerspruch) eine Schil=
derung von Pferden gefallen lassen, wie:

<blockquote>
Derbmagere, schwernachhaltige,
Unfeine, wegesgewaltige,
Breitnasige, starkkinnbackige,
Langschenklige, hochnackige,
Haarstruppige, mähnenstraubige,
Wildstürmige, flammenschnaubige —
</blockquote>

Dagegen dürfte folgende Blumen= oder eher Steinlese aus
„Nal und Damajanti" (theilweise auch aus andern Gedichten
Rückerts) allgemein mißbilligt werden: Unzweiflichkeit — Gott=
erschmachtung — blumenmildburchsternt — Schlangenheilhaus=
mittel — Zuhausebleibung — Glanzedelsteinohrgehäng — Düfte=
kränzegepräng — schwebetrittig — sanftlächelredewogig — ge=
wölbtaugenbraunbogig — gliederzartwuchsrichtig — lotus=
blumenkelchgeaugt — Schwertfeindeblutröther — feindestod=
umerzt — haupthimmelanentrückt — Welterfahrungsähren —
Menschenländerkenntnißfrucht — Feindesburgenkampferstürmer
— Sinnesübermeisterung — gattensehnsuchtsthränenumflossen
u. s. w. — Mancher auch wird sich stoßen an Formen wie
Bewandte (= Bewandtniß), labete (= lud), Entwilbung,
heischer (= heiser), bescheidet (= beschieden), ersatten (= satt

werden), Lanzer (= Lanzknecht). Allein dieses und ähnliches
zugegeben und in Abzug gebracht, so nöthigt die Form jener
beiden Gedichte zur Bewunderung. Man lese z. B. folgende
zwei Stellen aus „Rostem und Suhrab":

O sage, siehst du nicht dort im Gedränge Licht
    Solch' einen Mann, mit dem am liebsten Suhrab sicht!
Solch' einen, der nie bricht die Lanz an einem Wicht,
    Und der vom Sattel gern nur seines gleichen sticht!
Wovon der Ehre Licht hinfort mein Angesicht
    Bestrahlt, wenn ich vor ihm bestanden mit Gewicht!
    O siehst du, gib Bericht, solch einen Mann mir nicht?

Und:

Indessen aber sie sich mit den Armen klemmten
Den Odem in der Brust, das Blut im Herzen hemmten,
    Indessen hielten sie am Boden die gestemmten
Füß' eingewurzelt; so rang Suhrab mit Tehemten.
Mit mächtigem Umfassen, gewaltigem Umschlingen
Vermochten sie sich doch zu Boden nicht zu ringen,
    Vermochten sie sich nicht vom Grund emporzubringen,
Vermochten sie sich auch vom Platz nicht wegzubringen.
    Umsonst umschlangen sie, umsonst umflochten sie,
Vergebens rangen sie, vergebens fochten sie.
    Voll Muth andrangen sie, voll Muth ansfochten sie.
Sich nicht bezwangen sie, noch übermochten sie.
    Nun wollten sie's anstatt mit Ringen und mit Dringen
Mit Schwingen in die Luft vollbringen und erzwingen.

Bei dieser unübertroffenen Reimgewandtheit begreift es
sich, daß Rückert sich selbst in seinen Gedichten Freimund
Reiman nannte. Bei dieser Gelegenheit kann ich mir nicht
versagen, die persische Ueberlieferung von der Entstehung des
Reimes in der von Rückert selbst ihr gegebenen Einkleidung
hier mitzutheilen; sie lautet sinnig genug:

Wißt ihr, Perser, wie es kam,
    Daß der Reim den Ursprung nahm?

Auf dem Sassanidenthron
Saß der große Schah Behram.
Seines Thrones Edelstein
War die Sklavin Dilaram.
Wann mit Lust er sprach zu ihr,
Hörte sie ihn ohne Gram.
Nachzutönen drängt' es sie
Jedes Wort, das sie vernahm.
Wie sein Wort gemessen war,
Maß sie ihres ebensam.
Dilaram! so schloß er stets
Und stets schloß sie: Schah Behram!
Un so war der Reim erblüht,
Wie der Held zur Huldin kam.
Darum, Perser, achten wir
Nicht den Reim für leeren Kram.
Lied, das ohne Reime fliegt,
Ist an beiden Schwingen lahm.
Darum, Perser, nenn' ich mich
Freimund Reiman ohne Scham.

Auch mit der Poesie des Wüstenvolkes, der Araber, hat
sich Rückert angelegentlich beschäftigt und durch umdichtende
Uebersetzungen einen großen Theil ihres Liederschatzes und ihres
dichterischen Schaffens uns zugänglich und genießbar gemacht.
Denn, merkwürdig genug und recht zum Beweis, daß die Poesie
mit der Menschennatur auf's innigste verwandt und ihr ein
Bedürfniß ist, in jenen dürren wasserarmen Steppen sprudelt
der Born der Dichtung in reichem Erguß. Die Klänge des=
selben sind allerdings oft wild, wie das Leben selber, welches
zwischen den Thaten des Räubers und denen des Helden hin=
und herschwankt, die Zornesglut der Leidenschaft ebenso gut
kennt, wie die Regungen der Großmuth, und die Gastfreund=
schaft ebenso ausübt, ja heilig hält, wie die blutige Rache am
Feind. Als Gipfel arabischer Kunstpoesie erscheint der poe=

tische Tausendkünstler Hariri; ihm ist, wie seinem Umdichter
Rückert, das ganze Gebiet der sprachlichen Formen und poeti=
schen Bildungen unterthan, wie einem Herrscher, und er ge=
bietet darüber mit spielender Leichtigkeit; da perlt es und rieselt
von Versen und Reimen, von Klängen und Trillern; kecke
Grisse und gewagte Sprünge wirbeln dazwischen und das
Ganze ist ein lustiges, aber wohlgestimmtes Konzert der ver=
schiedensten sprachlichen Instrumente, welche der Virtuose Hariri
zu spielen versteht. Seine Gedichte heißen Makamen, welches
Wort zuerst den Ort bezeichnet, wo man sich aufhält und unter=
hält, dann aber die Unterhaltung selber oder die Erzählung.
Der Geist derselben verlangt nicht einen hohen poetischen
Schwung, sondern vorzugsweise gereimte Prosa, aber diese
gewürzt mit unendlichen Wort= und Klangspielen, übertriebenen
Bildern, spitzfindigen und künstlichen Ausdrücken, und allem
dem, was man den falschen orientalischen Geschmack nennen
kann. Man vergleiche z. B. folgende dem ständigen Erzähler
Hareth Ben Hemmam in den Mund gelegten Worte: Ich füge
mich bescheiden — auch ungefügen Bescheiden; — ich habe nicht
Wohlgefallen, — daß meine Feinde fallen; — ich reiche hei=
lendes Wundkraut — dem, dessen Nagel mich wund kraut, —
und entziehe nicht meine Haut — dem, der sie haut. — Mich
tröstet ein Koran=Abschnitt, — wenn man mir die Ehre ab=
schnitt; — und ich lasse den guten Namen — denen, die mir
ihn nahmen. — Ich heuchle mit keinem Hauch, — ich täusche
in keinem Tausch; — übervortheilen mag ich nicht, — und
über Nachtheile klag ich nicht; — ich suche nicht Händel im
Handel, — und bin in meinem Wandel ohne Wandel. —
Lieber ungerächt, — als ungerecht; — lieber dem Feind er=
legen, — als den Feind erlegen! — Ich klage nicht, wenn
man mich verklagt; — ich entsage, wo man mir versagt. —
Was versucht, — lass' ich unversucht! — wo man flucht, —
nehm' ich die Flucht. — u. s. w." In sämmtlichen Makamen
ist die Hauptrolle einem gewissen Abu Seid von Serug zuge=

theilt, einem landstreicherischen Genie, der in allen möglichen
Gestalten auftritt und alle mit gleicher Fertigkeit durchspielt.
Verstellung, Lug und Trug sind seine Haupteigenschaften, aber
er übt sie mit einer gewissen Gutmüthigkeit und mit Humor
aus und eben so sehr, weil sie seinen Geist reizen und in be=
ständiger Spannung erhalten, als weil sie ihm seine Leibes=
nothdurft verschaffen. Er hat in seiner Jugend schlimme
Schicksale erlebt, sein liebstes ist ihm gestorben, sein bestes ge=
raubt, seine Vaterstadt erobert und er zur Flucht getrieben
worden. Der reine Grundton seines Innern ist ein edler,
und klingt, wiewohl meist zurückgedrängt, dennoch öfter durch
die grellen Disharmonien seines Lebens hindurch. Ohne diese
Wahrheit in seinem aus Lug und Trug gewobenen Wandel
könnte er gar keine poetische Figur vorstellen und keine Theil=
nahme erwecken. Sein verlorenes und zurückersehntes Jugend=
paradies bringen ihn uns menschlich nahe; und am Ende sehen
wir ihn mit Befriedigung seine krummen Pfade verlassen und
mit wirklicher Sinnesänderung in den Geleisen der Tugend
wandeln. Hört, wie diese rastlos thätige, nie ruhende Natur
vor der Trägheit warnt:

Wer langt, erlangt, wer säumt, versäumt — und fliehe
die Trägheit wie eine häßliche Schramme — denn sie ist die
Mutter zu der Armuth Stamme — der Rathlosigkeit Still=
amme — der Dämpfer der Geistesflamme — jeder Funken er=
stickt in ihrem feuchten Schwamme — und jeder der wandelt
auf ihrem Damme — versinkt im Schlamme — d'rum plaudre
nicht — und schlaudre nicht — und zaudre nicht — und schaudre
nicht — zage nicht, sondern wage — frage nicht, sondern jage.
— Wer lange sinnt, beginnt nicht behende — und wer nicht
beginnt, gewinnt nicht das Ende u. s. w.

In diesen Makamen spielen auch die verschiedenen Räthsel
eine Rolle. Einige derselben mögen hier zur Unterhaltung und
Uebung meiner Leser Platz finden:

Welche Zunge, die nicht spricht,
Gibt verläſſigen Bericht?
Schlichtet anders kein Geſchäft
Als mit Nachdruck und Gewicht?
Gold und Silber gilt ihr gleich,
Doch das Mehr und Minder nicht.
Sie befriedigt die Partheien,
Wo ſie ſitzet zu Gericht,
Ob ſie gleich im Ausſpruch ſchwankt,
Eben das iſt ihre Pflicht.

Wer iſt denn aber
    Der Gelbe mit dem runden Rand,
Der wie die Sonne wandelt über Meer und Land,
In jeder Stadt daheim, zuhaus an jedem Strand,
Gegrüßt mit Ehrfurcht, wo ſein Name ward genannt.
Er geht als wie ein edler Gaſt von Hand zu Hand,
Empfangen überall mit Luſt, mit Leid entſandt.
Er ſchlichtet jedes menſchliche Geſchäft gewandt,
In jeder Schwierigkeit iſt ihm ein Rath bekannt.
Er pocht umſonſt nicht an die taube Felſenwand,
Und etwas fühlt für ihn ein Herz, das nichts empfand.
Er iſt der Zauberer, dem ſich keine Schlang entwand.
Der Held, der ohne Schwertſtreich Helden überwand,
Der Schwachen Kräfte gibt und Thörichten Verſtand.
Und Selbſtvertrauen einflößt, das mit Stolz ermannt.
Wer ihn zum Freund hat, iſt den Fürſten anverwandt,
Wenn gleich ſein Stammbaum auf gemeinem Boden ſtand.
Der trifft des Wunſches Ziel, dem er den Bogen ſpannt.
Er iſt des Königs Kron und ſeiner Herrſchaft Pfand,
Er iſt der Erde Kern, und alles ſonſt iſt Tand.

Leider iſt es ſo; du haſt gewiß den „klingenden" Geſellen
ſchon errathen, lieber Leſer.

Prüfe deinen Verstand auch an Folgendem:
Es geht ein unvernünftiges Geschöpf,
Geführt von kund'ger Hand, auf glatten Flächen,
Und sein gespalt'ner Huf drückt Spuren ein,
Worüber Denker sich den Kopf zerbrechen,
Und wenn's auf seinem Gange durstig wird,
Tränkt man dazwischen es an trüben Bächen.

Wenn du, was ich kaum glaube, dich vergeblich an der Lösung abmühen solltest, so kann dir vielleicht folgendes Räthsel, welches die gleiche Aufgabe behandelt, auf die Spur helfen:

Sieh welch ein dreister
Und weit gereister!
Mit Vögeln fliegt er,
Mit Schiffen kreist er;
Sodann beschreibend
Die Welt dir weist er,
Wenn auf den Blättern
Ihn lenkt ein Meister.
Den Westen kennt er,
Den Osten preist er,
Mit Süd' umglüht er,
Mit Nord umeist er.
Bald rührt und schnalzt er,
Bald scherzt und beißt er,
Mit Wundern spielt er,
Mit Räthseln speist er.
Er schafft Gestalten
Und wecket Geister.
Wenn eure wach sind,
So sagt, wie heißt er?

Hoffentlich ist dir jetzt das richtige Licht aufgegangen und so darf ich dir gelegentlich noch eins aus Rückerts Gedichten mittheilen, worin die drei Arten von Kielen (also auch unser „Schreibkiel") geschildert sind:

Drei Kiele kenn' ich, die gewaltig sind.
Der erste Kiel ist's, den die Vögel spannen,
Womit sie über Berg und Thal von dannen
Ziehn, hingeschaukelt auf des Himmels Wind.
Der zweite Kiel, nicht weniger geschwind,
Ist der, womit ein Wunderbau von Tannen
Gerüstet ist, worauf sich zum Tyrannen
Des Meeres macht das kühne Menschenkind.
Der dritte Kiel ist's aber, der gewaltig
Vor allen ist; wohin kein Vogel fliegt,
Kein Schiff; da geht sein Fußtritt doppelspaltig.
Er ist's, der den Gedanken selbst besiegt,
Den unsichtbaren Riesen vielgestaltig,
Daß er gebannt auf zarten Blättern liegt.

Der Scharfsinn kann aber auch auf Irrwege gerathen,
und ein solcher ist es, wenn er sich an kindischen Gegenständen
abmüht, in der Erfindung sowohl, als in der Lösung der Fra=
gen. Folgende Beispiele — man könnte sie Sprachräthsel nennen
— mögen zum Beweise dienen: Wie schreibst du in einem
Wort: Halt ein, Bienchen? Antwort: Rubinchen (ruh Bien=
chen); oder

Klinge, Frühlingsmond? Antw.: Schallmay (schall' Mai).
Klare Sänger? Antw.: Hellebarben (helle Barben).
Adler=Kühnheit? Antw.: Armuth (Aar=Muth).
Gleich dem Klang? Antw.: Wiederhall (wie der Hall).
Narren des Felds? Antw.: Autoren (An=Thoren).
Ei nach Hause? Antw.: Oheim (o, heim).
Muhme wohlbetagt? Antw.: Basalt (Bas' alt).
Feuchte schicke? Antw.: Tausende (Thau sende).
Schafräuber, komme geschwinde? Antw.: Wolfeile (Wohl=
feilheit).

Ebenso ist es kaum anders als Verschwendung der kost=
baren, besser anwendbaren Zeit zu nennen, wenn, wie hier
geschieht, ganze lange Abschnitte ausgesonnen und ausgesponnen

werden, in welchen einer der allergewöhnlichsten Buchstaben,
z. B. das **r**, gar nicht vorkommt. Um aber einen Nachweis
zu liefern, wie Rückert die Makame gehandhabt und welche
außerordentliche Sprach= und Reimkunst er dabei entwickelt
habe, lasse ich hier im Auszug eine folgen, genannt

Der Schulmeister von Hims,

wobei zu bemerken, daß Hims bei den Arabern sich desselben
zweifelhaften Rufes erfreut, wie in Deutschland Krähwinkel,
Lalenburg, Schild= oder Schöppenstädt.

Hareth Ben Hemmam erzählt, daß er einst nach Aleppo
und von da nach Hims gereist sei, woselbst er auf freier Wiese
eine Lehrbühne aufgeschlagen gesehen habe, und um den Scheich,
als Lehrer, herum einen Rudel großer und kleiner Knaben,
wie Buchstaben, geschaart. Grüßend wandte er sich an den
Scheich und dieser, den Gruß erwiedernd, fuhr in seinem Un=
terrichte fort, indem er mit dem Stab nach einem Knäbchen
deutete und laut rief: „Du Rehkälbchen — du Seeschwälbchen
— auf! und zeige mir Glied für Glied — zwischen **g** und **ch**
den Unterschied" — worauf jener anhub ohne Zaudern — und
vortrug ohne Schaudern:

Z e i c h e n sind des Koran's Verse Gläubigen,
Doch was an dir ist, mußt du uns z e i g e n.
T e i c h e n süßen Wassers fehlt's an Fischen nicht,
Guten Öfen fehlt es nie an T e i g e n.
R e i c h e n dünken sich die Bettler gleich, wenn sie
Trunken sich die Hand gereicht zum R e i g e n.
E i c h e n haben feste Wurzeln tief im Grund,
Nur dem Schilfrohr ist das Schwanken e i g e n.

Der Lehrer sprach: brav, mein Paviänchen — mein Silber=
fasänchen und Goldhähnchen. — Ich finde keinen Unterschied
zwischen deiner Eigenschaft und einem Eichenschaft — du ver=
sprichst zu werden kein schwacher Schwager — sondern ein
wacher Wager — und jacher Jager — an den sich wagt kein

Widersacher und Widersager. — Dann rief er: Maikätzchen
— Schreimätzchen — und Antwort gab ihm ein Junge wie
ein Schätzchen — Der Lehrer sprach: „Komm und entwickle
mir gescheidt — zwischen D und T den Unterscheid" —. Nach=
dem der Knabe dieser Aufgabe auf geschickte Weise genügt hat,
spricht der Lehrer zu ihm: „Du Witzunge — du Blitzjunge!
ich sehe, daß du bist von den Gescheidtern — die unterscheiden
zwischen Prügeln und Scheitern". Hierauf wendet sich der
Lehrer an einen Dritten: „Du in der Wissenschaft kein Lai
— sondern ein Leu — sage mir den Unterschied zwischen **ei**
und **eu**!" Und jener räuspert sich gründlich — und äußerte
sich bündig:

Eitern muß die Wund', in welcher steckt der Pfeil;
Herbes Gras gibt süße Milch den Eutern.
Leitern dienen zu besteigen hohen Baum,
Noten, druckte Texte zu erläutern.
Heitern Sinnen ist die Schöpfung angenehm,
Und verdrießlich dumpfen Bärenhäutern.
Reitern muß der Bauersmann das Korn, der Fürst
Führt den Krieg mit Reitern oder Reutern."

Ein vierter Knabe gibt in gleicher Weise den Unterschied
zwischen vor und für an. Hierauf ruft der Lehrer einen
fünften auf: „Nun, du Weisheiteinschwärzer — du Buchstaben=
ausmerzer — du Weinwässerer — du Sprachbesserer — auf
und sprich deinen Grabspruch — über den Buchstab, der ver=
wirkt hat den Stabbruch — und verdiente den Lebensabspruch
und Abbruch!" — Worauf jener bloß zog und so gegen das
s loszog:

Ja, sieghoffnungtrunken schwör' ich Hülfgenoß
Mich zur Kriegsahn aller Sverheerer.
Künftig sei mein Lebenslauf ein Lebenlauf
Und ein Todstoß aller Sverehrer.
Nie mehr wandeln will ich zwischen Frühlingsaun,
Die sind unrein, Frühlingaun sind hehrer.

Glücklos sei mein Glücksloos, meine Liebesnoth
Liebe Noth, die ohne s ist schwerer.
Auch mein Blutsfreund mög' ein Blutfreund sein, und mein
Glaubenslehrer sei ein Glaubenleerer.
Und zu essen gebe künftig Niemand was
Mir und jedem edlen Eßverehrer."

In dieser Weise geht der Unterricht fort. Unter anderem
werden auch Zwillingsbrüder aufgefordert, ihren Singsang er=
tönen zu lassen in einem geschlungenen Zwillingspsalm, dessen
Anfang wie sein Ausgang lautet, so aber, daß der Sinn der
Worte ein verschiedener ist.

Da singt der eine:
„Mein Eid ist pures Gold, und gilt dir wenig;
Doch gültig meiner Lieb ist selbst dein Meineid.
Mein Neid allein ist nicht des Mundes Lächeln,
Auf diese Knosp' empfindet selbst der Mai Neid.

Der andre:
Wo labend das Bewußtsein froh genützten Tags
Zur Seite ruht, da machest du wohl Abend;
Soll Abend kühl erquicken, scheu nicht Mittagsglut,
Nach früher Müh ist späte Ruh so labend!"

u. s. w. Als sie zu Ende sind, gibt ihnen der Lehrer selber
folgende Beispiele:
„An's Auge
Der Liebsten fest mit Blicken dich ansauge;
Zur Au
Des Paradieses blicke, der Erde Grund ist zu rauh.
Zu Rauch
Wird werden der Erde Schmelz und des Himmels Azur auch.
Thu nimmer
Was die Meisten thun immer.
O nähre
Dich lieber ohn' Aehre als ohn' Ehre.

Ruh mehr
Sollst du lieben als Ruhm-Ehr.

Der Reu schloß
Sein Herz und Haus, wer lebt geräuschlos.

O dem,
Der an todte Kohlen verschwendet seinen Odem!

Eh'r Geiz
Ist zu sättigen, als Ehrgeiz.

Die Leidenschaft
Meide, die Leiden schafft.

Forsch', ob
Man dir kein Trugbild vorschob.

Dürst' eher,
Als daß du werdest fremder Milde Thürsteher.

Baumann
Gottes! pflanze des Glaubens Baum an.

Satan
Sät Unkraut, du lege gute Saat an!

Wir sterben
Und du wirst erben,

Erblassen
Wirst du dann auch und andern dein Erb lassen.

Zum Essen
Wird Gott Jedem sein Maaß zumessen,

Frisch immer
Bet' und arbeit' im Frühschimmer.

Schau munter
In's Morgenroth, bald geht der Schaum unter;

Bau munter
Dein Nest, o Vogel, bald geht der Lustbaum unter.

Nachdem noch einige ihr Pensum hergesagt haben, beginnt der Lehrer wieder: „Wie ordentlich — außerordentlich — meisterhaft — musterhaft — du Flegel! — du triffst die Kegel — nach der Regel — ich streiche vor dir die Segel —

du haſt dem Werk die Kron' aufgeſetzt — und deines Lehrers
Augen mit Freudenthränen genetzt. — Und ſo hab' ich nun
dir und deinen Genoſſen — die Schreine mit den Perlen des
Wiſſens erſchloſſen — und die Wolken mit dem Strome der
Weisheit ergoſſen — auf daß ihr, vom Himmel ergnadet —
mit Luſt darin gebadet — des Staubes und Schmutzes der
Unwiſſenheit euch entladet. — Ich habe nach dem Maaß meiner
Kräfte — euch polirt wie Lanzenſchäfte — und wie Schwerter
verſehen mit dem Heſte — daß ihr brauchbar ſeid zu jedem
Geſchäfte. — Ihr habt die Blüthen der Sitte gepflückt — und
euch mit dem Schmuck der Bildung geſchmückt — das gedenkt
mir und vergeßt es nie auf der Erde — wie ich euer gedenken
und nie vergeſſen werde; — und feſt ſtehe in Unwankbarkeit
in euren Herzen gegen euren Lehrer die Dankbarkeit. — Jetzt
ſinget zu der Lehrſtunde Schluſſe — die Vaterſtadt an mit
dem Guße — des Liedes, das auf jedem Tone — zur Ehre
von Hims trägt am H eine Krone! — Da verſchlang ſich
der ganze Rudel — in einen Strudel — und ſie ſangen mit
feierlichem Gedudel:

Heil'ge hohe Himmelsheimath, hehre Hims,
Heil! du haſt den Herrn zum Huldverheißer!
Heitre Hügel, heimlich hohes Heimgeheg!
Höhn' euch herb kein harſcher Hauch, noch heißer!
Holder Hirſche Heerde hütet hier der Hirt,
Hoffnungshalm erhabner Herrſcherhäuſer.
Heiſſa, hurra, hurra, hihi, haha,
Halle hell, bis Herz und Hals iſt heiſer.

Hierauf ſtiebt der Schwarm auseinander und der überraſchte
Erzähler erkennt ſofort in dem Schullehrer, der ſeine Amts=
miene ablegt, ſeinen alten Freund Abu Seid. Dieſer kommt
den Vorwürfen über ſeine neue Vermummung zuvor durch die
ſchöne, beherzigenswerthe Schilderung des Lehrberufs:

„Was iſt hehrer — als ein Lehrer — der ein Vater iſt
nicht des Fleiſches und Geblütes — ſondern des Geiſtes und

Gemüthes? — und wo ist anmuthiger ein Stand, als dessen
der steht — in der Mitte von der Jugend Rosenbeet — dessen
Anhauch den Greis erfrischt und in seinen Frost sanfte Wärme
mischt? — oder welcher Beruf — ist förderlicher zu des Ruh=
mes Behuf — als der Weisheit Korn, das unvergängliche —
zu streuen in das Land, das frischempfängliche — daß es auf=
geh' und Ernte trag' überschwängliche? — wenn die Jugend
den Klang seiner Rede bewahrt in tiefern — Herzen als
die Züge deiner Schrift auf Schiefern — um sie der Nachwelt
zu überliefern — wenn der Tod gebrochen hat deines Mun=
des Kiefern! — Das schreib' auf und leg' es auf dein Gesims,
— was ich zu dir gesprochen vor den Thoren von Hims." —
Nach diesen Worten verschwindet Abu Seid und überläßt sei=
nen Freund dem Nachdenken.

Dasselbe habe ich mit dir zu thun im Sinne, lieber junger
Leser, wenn du mir überhaupt bis hieher gefolgt bist! Ich
hätte über Rückert noch viel zu sagen, und würde meinen Ge=
danken auch wirklich Worte geben, wenn ich für erwachsene
oder gar gelehrte Leute zu schreiben hätte. Wer weiß, meine
Aufgabe wäre mir vielleicht trotz ihrer größeren Ausführlich=
keit nicht schwerer geworden. Was ich aber bezwecken wollte mit
dieser Skizze, ist einfach das, dir einen vorläufigen Ge=
schmack von dem Reichthum und der Vielseitigkeit eines Dich=
ters beizubringen, welcher, so sehr er es auch verdiente, doch
nicht zu den Helden des Tages und der Mode gehört, wie
eine Menge anderer an Talent und Tiefe ihm sehr unterge=
ordneter Geister. Behalte die hier empfangenen Eindrücke und
laß dir durch sein Beispiel die Liebe zu den Sprachen und
zur Formgewandtheit empfohlen sein. Wäre aber unser Dich=
ter ein bloßer Formkünstler, so hätte ich, das glaube mir, mir
nie die Mühe genommen, dir seinen Schattenriß zu entwerfen;
die „Weisheit des Brahmanen" und die „Erzählungen" des=
selben werden dich eines andern belehren; und wenn du einst
in reiferen Jahren dich dieser Skizze vielleicht erinnerst und,

im Vertrauen auf meine Empfehlung, im Buchladen oder beim Antiquar Rückert's Werke käuflich an dich bringst, so wird dir diese Ausgabe an Geld ihre geistigen Zinsen reichlich einbringen und — mein Zweck ist dann mehr als erreicht.